わたしのガン子ちゃん!

出木谷潤子

鳥影社

まえがき

私が生きている意味

私は当時三十九歳。居酒屋の陽気なおかみさん。

でもって子育ての真っ只中。

バリバリ働き者で、パクパク食べてグビグビ飲んで、
普通にイライラも、ニコニコも、いろいろある毎日……。

そんな時、まさかの「ガン」告知！

あわてました。うろたえました。たぶん皆さんと同じ。

でも、それから十六年。手術を十四回して、今、元気に生きています。

子どもは成人して、私はバリバリ働き、パクパク食べて、グビグビ飲んで、普通にイライラも、ニコニコも、いろいろある毎日。

だけど、あの頃とは違う。ガンになって、私の人生は充実したんです!!
すごいね、なんでそんなに元気なのときかれます。
私の経験と考え方を話すと、みんな元気が出ると言います。
病室でも、四人部屋の三人に話すと、笑顔の病室になります。
その話、この本でじっくりお伝えします。

わたしのガン子ちゃん　目次

第三章　新しい仕事

第四章　親はなくても子は育つ

付録　子供たちへ。

← 800
CALIFORNIA

第一章　ある日突然

真っ赤なおしっこ

ひゃ～！　ナニコレ？

おしっこが、真っ赤！

突然、便器に真っ赤なおしっこ。こんなにキレイな赤は絵の具を溶いた時にしか見たことない。

一九九六年三十四歳の夏だった。

ナニ!?　ナニ!?　私の体にナニが起こった!?

当時、長男は小学三年生、長女は幼稚園の年長組。

三歳から始めたスイミングクラブの選手コースに進級した長男は、週六日の練習に片道二十分をかけて自転車で通っていた。長女も同じクラブに通っていたけれど、こちらはまだちっちゃいので週二回の送迎が必要で、私が仕事で行かれない時は母が送り迎えをしてくれていた。

子供たちが成長していく姿を見るのは、本当に楽しい。どんなに忙しくても苦痛になる事などは全くなかった。


子育てに加え、夫の転職で突如として収入が激減。そりゃ大変。家計を支える為に早朝から深夜まで一日中椅子に腰掛ける間もないほど動きまわり、自分の体の事など考える余裕などない。

真っ赤なおしっこにはさすがに驚いたけれど、店を休むわけにはいかないし、一過性のものと自己診断し、明日には治ってるかな？　と楽観視してとりあえずやり過ごした。

しかし、この血尿は二日目も続いた。

ドキドキ、ドキドキ……


「いらっしゃいませー！」

何があろうと笑顔でお客様をお迎えし、美味しいお料理と楽しい会話で満足してお帰りいただくことが私の喜び。

心中穏やかでは無いものの、口に出すことも顔に出すこともなく、閉店まで。

だが、さすがに不安が募りどうにか時間をやり繰りして血尿発症から三日目の朝、自宅から程近い総合病院の泌尿器科で診察してもらった。

検査は血液検査と尿検査のみ。

診察室に入ると、医師は「特に何もみつかりませんねー、何か心当たりがありますか？」と言った。

え？　何でもないのに血尿が出る？

私はう〜ん、と考えた。

「心あたり……」

睡眠時間の少なさ？　それって関係あるかな？

夫婦間の問題？　そんなの血尿に関係する？

精神的なストレスはいくらでもあったから、それら諸々の話をしてみた。

すると医師は「心労による血尿ですね」と診断をくだした。

「心労による血尿」

このセリフ、どこかで聞いた事ある……。

そうそう、映画『マルサの女』の一場面。

国税マルサがヤクザに捜査を妨害されて追い詰められ、トイレに駆け込んだらおしっこが真っ赤だった。私とおなじだ！


まあ、とりあえず血尿の原因はストレスってことだとわかり、少しホッとした。

あー、よかった！　大きな病気じゃなかったんだ。


今にして思えば、あの時ほかの病院に行って精密検査を受ければよかったかな？　とも考えるが、その頃はまだ若いと思っていたし、自分に限って大きな病気なんて縁がないと思っていたから、わざわざ面倒な検査なんて行こうともしなかったんだと思う。

ストレスの原因

その後、私は医師の言った「心労」について真剣に考えた。

子どもは小学校と幼稚園で、学校や幼稚園に役員の仕事やお手伝いなど日中は顔を出さなければならない用事もたくさんあった。

経営する居酒屋はカウンター十一席、テーブル八席、座敷十二席の計三十一席の決して大きな店ではないが、私の手料理が中心で、おかげさまで大忙し。

朝五時、車で二十分ほどの場所にある魚市場に出掛けると、ゴム長靴を履いた顔見知りのオジサンたちから声をかけられその日のオススメを上手に仕入れてから一旦自宅に戻り朝食と弁当を作って「いってらっしゃい！」と子どもたちを送り出す。

その後直ぐに店へ。

焼鳥の串刺し、料理の仕込み、そして掃除。アルバイトは常時五人ほどいたが、夕方まで

は出来る限り一人でがんばる。
夕方五時開店、二十四時に閉店して片付け終わるまではフル回転。帰宅するのは午前一時を過ぎる。
子どもたちはとっくに眠っているけれど、そんな寝顔を見ながらその日の出来事で伝えておきたい事を毎日必ず手紙に書くのが夜中の日課になっていた。
〈一日が四十八時間あったらなあ〜〉と思うことはあったけど、そのどれもが嫌じゃなかったし、それ等をストレスになんて感じることはなかった。

じゃあ、何がストレス？

夫は末っ子の長男。とても優しい家族の中で育った。私は、と言うと二人姉妹の次女。当然のことながら服はお下がり、習い事は姉が習いたかったピアノを買っちゃったものだから、勿体無いからあなたも習いなさいと、行きたくもないレッスンに行かされ教室に教本を忘れて帰り、翌週まで気付かぬほど練習しなかったなんて事もざらにあった。

両親は長女は同士なのだと言い、宿題から何から力の入れようが違うのだが、それが当たり前だったので当時はさほど気にしていなかったが、今になってこんな話題がズラズラ出てくるのだから本音は相当いじけていたのかも知れない。

それでも、お料理が大好きだった私は、家族に喜んでもらいたくていつも食事を作って家族の帰りを待っているような子どもだった。

だから、「してもらう方」と「してあげる方」が一緒になれば幸せなように思うが、休日になって映画に誘うと「休みの日、世間の主婦は掃除して洗濯するのが当たり前なんだよ！」と言われ、自分だけ朝からマージャンやゴルフに出かけてしまうようなとても昭和っぽい人だったから私の我慢が限界に達してしまったのだ。

やっぱりこれが一番のストレスだと自覚した。言葉は悪いけれど、要するの夫を上手に操縦することが出来ずに不満を溜め込むダメな女だったわけ。

しばらくして、とうとう別居を決心した。

これでストレスはなくなった……はずだった。

私の日常は、子どもへのたっぷりな愛情と好きなことをめいっぱい盛り込んだタイムスケジュールで進んでいた。

それから五年後――。

『腎臓ガン』と診断された。

誰より先に聞いたガン告知

泣かないでよ。
どうして？
自分？
私が？
不幸の始まり……なの？
大丈夫。
鏡の中の私は、昨日と何も変わっていないよ。

＊　＊　＊

ある晩、眠りにつこうと思ったら、左脇腹に鈍痛がした。
二、三日しても痛みは増すばかり。

店の常連さんから似たような痛みでガンが発見された話を聞いた事があった。ショッキングな話ではあったが、自分には全く関係ない事ぐらいにしか思っていなかった。その時の事を急に思い出した。これはただごとじゃない！

冷えてお腹の真ん中が痛くなったり、食べあわせが悪くてお腹をこわすことはあっても、こんなに脇腹がずっと痛いのは初めてだった。

だんだん不安になってくる。

看護師をしている友人のやぎちゃんに相談し、彼女の勧める聖マリアンナ東横病院で検査を受けることにした。

検査当日。

超音波検査室は、シーンと静まりかえり薄暗い。

超音波検査士は、一瞬ビクッと鳥肌の立つような冷たいジェルをお腹に塗り、縦型のマウスのような物をグイグイ押し付けながら移動させる。左脇腹の同じ場所ばかり行ったり来たりしては時折『カシャ』っとシャッター音の響きにドキッとする。〈ヤバいモノがあったのか⁉〉

検査時間がやたら長くて、どんどん不安が募り心配でならなかった。

地に足が着かない。
呼吸するのも辛く感じる。
息を吐く事しか出来ない感じ。
吸引する力が弱すぎる。
この検査の結果は二週間後の診察日まで待たなければならない。
とてつもなく長くて不安な二週間だった。

診察日。
診察室に入ると、泌尿器科の山越先生は「腎臓に影があります」と言った。
影ってナニ?!　ガンってこと？　違う？
先生がもっと詳しく調べるからと、翌日ＣＴ検査を受ける事になる。

この頃、中学二年になった息子は、幼い頃からお風呂のフタが食卓にしていたほど水の中で遊ぶのが大好きだったこともあり、水泳一途。

小学校五年生の時に辰巳国際水泳場で行われる全日本ジュニアオリンピック出場の念願を果たす。

そして、相変わらず水泳にのめり込み、水びたしの日々を過ごしていた。

そして好奇心旺盛な小学校五年生の娘も、水泳に加えピアノ、ダンス、塾通いが始まっていた。


ＣＴの結果が出る前日。

息子の関東中学水泳大会があって日帰りで栃木県まで出掛け、お腹の影のことなんか忘れて水泳部の父母会で差し入れを沢山持ち込んで応援に行った。


その帰路の事、携帯電話が鳴った。

看護師のやぎちゃんからだった。

「潤ちゃん、すぐ入院して、すぐ手術だよ」

「それって……？　ガンってこと？」

「…………」

彼女は黙った。

私の足はすくんだ。

足が一歩前に出せない感じ。

力が入らない。

まるで、歩き方を忘れてしまったような……。

翌日の診察に一人で行くのが怖くなった。

「すぐ入院？」

「すぐ手術？」

「子どもたちのご飯は？」

「お弁当はどうするの？」

「私、死んじゃうの？」

「そしたら子どもたちはどうするの？」

後のことを考えて、別居中の夫に状況を電話で知らせた。

そして翌日の診察に同行してもらうことになった。

翌日は朝一番の予約だった。居ても立ってもいられない心境だったし、早く結論を聞いて次のステップに進みたい気持ちで、診察開始時間よりも一時間ほど早く病院に到着して待機した。

診察開始の九時になり、一番に呼ばれるはずなのに呼ばれない。

次かな？　次かな？　まだかな？　今度は私の番かな？……

呼吸困難になりそうなくらいの不安な精神状態なのだが、となりにいる夫に手を握られるわけでもなく、当然肩を抱き寄せてもらえるわけでもなく、真っ直ぐ座っているだけでも辛すぎる。そしてもしかしたら時間が止まっているのではないかと感じるほどの長い時間が過ぎ、ほかの患者さんが全員いなくなるお昼をとうに回った頃になってようやく診察室へ。

診察室に入ると、先生はとても深刻な顔をしていた。

〈お願い！　もっと安心させてくれるような顔して！〉と思った。

「左腎臓のガン部分が、腎臓の倍の大きさになっています。このまま我慢していたら、破裂していましたよ」

私はとっさに五年前の、あの血尿の時の診断を疑った。

先生は、その時にさかのぼって調べることは不可能と言い、私も今さらどうにもならないと諦めることにしたが、悔しい。

「十日後に入院、更にその十日後には左腎副腎、周囲脂肪摘出手術をしましょう」と告げられた。


夢なら覚めてと思った。

目の前は真っ暗だったけれど先生は、「腎臓ガンは、摘出すれば完治だし、腎臓は二つあるので、一つ無くなっても機能するから大丈夫ですよ」と優しく説明してくれたので少し落ち着いた。

夫は、黙っているだけだった。

そして、「手術の日に来るよ」と言って帰っていった。

ただの腹痛だけのつもりだった。なのに、余りの急展開。大激震、大事件、大ショック。

さて次なる難題が待っている。

母に、そして子どもたちにどう伝えたらいいのだろう。

私が動揺していちゃだめだ。

冷静に、平静に、大したことがないように伝えるしかない。

「腫瘍があって、ちょっと手術するみたい」

「あら、そうなの」

母は、父が心臓病を患っていた時にさんざん病気に脅かされていたから肝が据わっているんだと思った。助かった。

「子どもたちには、なんて言おうかな？」

「ガンっていうことは言わないで、お腹におデキが出来ちゃったから、それを取るために手術をするんだって言ったらどう？」

「そうだね、そうしよう」

お陰様で子どもたちは、まったくと言っていいくらい動揺しなかった。

＊　＊　＊

入院までの十日間は店の営業を続けた。生きた心地はしていないものの、家に居るよりは気が紛れていた気がする。

子どもの頃から料理番組ばかり観て、小学生の時は創作料理を作るほど料理が好きだった私は、当時流行りの居酒屋に憧れて母の力を借りて店を始めた。二十一歳だった。

娘が好奇心旺盛なのは全く私のせいなのであろう。

私は、高校卒業を控えて進路を決める際にやりたい事が多すぎて定める事が出来ず、本来ならば調理師学校に行くのが一番だったのだろうけれど、絵やデザインにも相当な興味があり、何故かそちらに進んでしまった。

しかし、銀座二丁目の松屋デパートの裏で珈琲専門店をしていた母の店でバイトをしながら学校に通っていた料理好きの私にはこの道が合っていると母が見込んでくれた。

自宅からほど近い地元駅近くだったから昔からの友人も大勢集まる賑やかな店になった。

途中、調理師免許を独学で勉強して取得。

気が付けば十八年が経っていた。

カウンターには大皿料理がずらっと並び、三十種類を超えるメニューはどれも私の手作り

で、「美味しい！」と言われるとそれが一番嬉しかったから、この店は私の生きがいでもあった。

このカウンターに座った常連さんや友人から、日々どれだけ多くの事を学んだことだろう。

私が趣味多き人生を歩んでいるのも、お客様の話を聞いたことがきっかけになっていたりする。共通の趣味を持つ人たちとは、とても楽しく会話が弾んで本当に楽しい。

私はもともと中学校の時にブラスバンド部でトランペットを吹いていたから、楽器の演奏は趣味の最上位にあった。

チェロ、ゴスペル、三味線、小唄、タップダンスなどの習い事は、いくら忙しいといっても欠かせない。それが自分を磨いてくれることだとも実感できたし、なにより私が生きている意味だと思えた。
そして、憎きストレスを解消してくれるナニモノでもなかった。

初めての手術

手術日が来た。娘はビデオカメラを持ってきた。傷の無いツルリとしたお腹は見納めだからと撮影してくれた。自分でも鏡を見て目に焼き付けた。もうビキニは着られない。子供が二人もいてビキニもないものだが、残念な気持ちに違いはない。

「行ってくるね」と笑顔で手術室へ。

初めての手術のわりには恐いもの知らずなのか、後の手術に比べると素直に手術室に向かって行ったのは、やはり先生からの「取れば完治」という言葉でかなり安心していたからなのだろう。


入室後、四時間半で左腎臓全摘出の手術が無事終了。

前日からの絶食に加え、しばらくは食事を摂れないと思うとなおさらお腹がすいた。

麻酔から覚めた私は手術台の上で『かつ丼食べたい！』と言って、先生や看護師さんたちに大声で笑われた。


五日後、病理検査の結果が出た。

左腎細胞ガンは摘出された腎臓内に留まり、他臓器への転移はなかったとの事でひとまずホッとした。点滴も外れて晴れて自由の身に。

九日目に抜糸、十日目入浴。

何でもないことが幸せなんだとつくづく感じる。


病院の浴室は広かったので、同室の年配の方とご一緒させて頂いた。

その方は肝臓ガンで二度目の手術を受けられる事になっていた。

「再発」ということがあるんだ……考えていなかったことだ。

一度目の傷跡がとても薄くてきれいだった。でもこれから同じ場所を切開されると聞いて私もショックだった。

入院 十五日目深夜、眠れずにテレビを付けた時の事。

九・一一テロ事件発生の瞬間を目の当たりにする。

自分の目を疑った。何⁉　映画のワンシーンにしか見えなかった。

生きること。

死ぬこと。

それを初めて真剣に考えていた私に、もうひとつの仮定が現われた。

朝、元気に出勤した人のアクシデント。

突然の喪失。

イメージが出来ない。

けれど、そういう場合と比べたら、私の命にはまだ猶予がある。

嘆きたいことばかりだった入院生活に、日々感謝の気持ちが生まれた。


二十三日目に退院となる。

この間、母が私の代わりに店の営業を続けてくれていた。

それにしても仕入れから仕込み、調理まで、朝から晩まで店の切り盛りを母一人で出来るのかが心配だったけれど、メニューを減らしたりしてなんとかつないでくれた。

結局二十三日間、子どものことも母が面倒を見てくれていた。ちゃんと学校に通えていたので安心だった。やはり母は強しなのか、火事場の馬鹿力を発揮してくれたわけだ。

そんな母と早くバトンタッチしなければと、一人病院を出て電車に乗り、店へ直行した。

＊　＊　＊

退院後、今後の再発防止のためにインターフェロンの自己注射を接種する事になった。期間は一年間。

毎日一本三千五百円の注射は保険が適用されない。かなりの高額だけれど、まさに藁をも摑む思いだった。

左右の腕、太もも、尻へと場所を変えながらの接種は、子どもたちにも手伝ってもらった。彼らは意外と度胸良く、ぎこちなさもなく驚く程の腕前だった。

副作用で、髪が薄くなってきた。悲しかった。

とにかく医療費がかかる。

働かなくちゃ。

退院一週間後、仕事に復帰した。

看護師のやぎちゃんと

子どもたち

以降は、三ヵ月に一度の血液検査と年に二度のＣＴ検査を欠かすことはなかった。経過は順調で、私は以前と同じ日常を取り戻した。

子どもはグングン成長する。

小学生だった娘は、中学受験をするために五年生から塾に通っていた。夕方お弁当を持たせ、夕飯は塾の休憩時間に食べるのだが、いつも温かいお弁当を食べさせたいと思いご飯を入れる前にお弁当箱にお湯を入れて容器を温める。ある日、おかずは詰めたがご飯の容器にはお湯を入れたまま持たせてしまったことがあった。

フタを開けた時の娘の顔を想像しただけでもいまだに笑える。

そんな二年間が過ぎ、いよいよ受験の二〇〇三年二月の上旬。本人は淡々としていたが、私はこの短期間も仕事をしながら願書の準備や受験会場への付き添いの他に、息子も放りっぱなしにするわけにもいかないので、忙しすぎて一週間で体重五キロ減。

そして中学生だった息子は高校生になり、相変わらずプールの中で水びたし。部活の父母会たるもの、こちらもこちらで先輩後輩ありきのさながら親の部活という感じで青春再び。

この頃、あまり泳げなかった私は、子供たちが夢中になっている水泳の魅力を共有したくなり、母を誘って市民プールの水泳教室に週一回通い出した。

担当のコーチは、偶然にも息子の水泳部のOB。さすがにバタフライは出来なかったが、お陰様で三種目はそれなりに泳げるようになった。

息子や娘の水泳大会はさんざん応援に行って偉そうにアドバイスなんかしていたが、いやいや恐れ入りました。彼らはいとも簡単に五十メートルを泳ぐので、応援に行っても待ち時間ばかり長いわりにはあっという間に終わってしまってつまらないと、出来れば長い距離を泳いで欲しいなどと勝手なお願いをした事もあったが、反省。

私が普段通っていた水泳教室のプールは、二十五メートルだったのでたまに五十メートルある国際プールに泳ぎに行くと四十メートルあたりで力尽きるのだ。脱帽。そして尊敬。

子どもたちがまだ小学校だった頃は友人たち大勢で夏には決まって丹沢道志川へキャンプ、冬にはスキーやスノーボードの為に浅間山近くの高峰高原を毎年お決まりのゲレンデに決めて出かけていた。標高二千メートルの宿の窓からは雲海が広がりこの世にいるとは思えない眺め。

夏休みの宿題のために約二千八百メートルもある北アルプスの登山に出かけたなんて事もあった。

けれど、中学に入ると長い休みには部活の合宿があり、遊びで出かける事もなくなって私も父母会の参加は欠かさなかった。

大変そうだけれど皆と切磋琢磨して成長して行く姿は頼もしくもあり、また「同じ釜の飯を食ってる」仲間全ての成長も楽しみだった。

手術後、何を考えたか思春期で口も聞かなかった息子がとても優しくなって、時間があれば買い物に付き合ってくれるようになった。意外な事過ぎて驚くばかり。

高校二年になるまで学年順位は下から数えたらすぐだった息子も三年になるまでには一気に順位を上げて大学受験を乗り越える。なんだろう？　この集中力。

楽しみが多いほど時の過ぎるのは早いもので、いつのまにか私は二人の大学生の母。長男は大学四年になり、長女には『サクラサク』の知らせが届いた。

良いことばかりが続いていたように思う。

手術から八年がたって、ガンの再発なんてないんだと安心しきっていた。

再発

いつものように定期的なＣＴ検査を受診しに出掛けると、『疑わしい影があります』と言われる。え？　嫌な胸騒ぎがした。すぐに造影剤を注射してのＣＴ検査も行った。

……やはり。

腎臓ガン細胞が膵臓《すいぞう》部分に転移していると言う。意味が分からなかった。

ちびまる子ちゃんのおでこにタテ線が入るどころではないショック！

膵頭部に直径六センチが一個、その他小粒な物が二個、膵尾部脾臓付近に一個、肝臓に一個が確認される。

「八年かかって成長した物なので、とても進行の遅いガンですよ」と先生は気休めを言ってくれたのだけれど、私のショックがやわらぐことはなかった。

八年前に執刀してくれた山越先生はその後、開業されていたため、近くの市立病院を紹介してくれた。

私は『間もない死』を覚悟した。涙が出た。

入院して、早速検査。CT、骨シンチグラフィー、MRI、カテーテル、胃カメラと、やった人にはわかるだろうけれど、病院のこの手の検査は容赦ない。仕事以上にハードなスケジュールで、私は心身ともにクタクタになった。手術の日程も決まった。

ただ、看護師に案内された部屋番号が「四二七号室」だったことだけが、検査の間中、気になってしかたなかった。

「シニナ」と読めるこの番号……ありえない！　病院としてこのゴロは如何なものか？　とにかく何とかこの病室から逃げ出したい気持ちでいっぱいになった。誰かに相談したいし、自分でも病院について調べたい。

私は手術をする前に一度帰宅すべく、外泊届けを出した。

海

気持ち的にも仕切り直しをしたかったので、大好きな海に行くことにした。海はいつも私の心を救ってくれる。

海が大好きで三浦のシーボニアマリーナで結婚式を挙げた友人夫婦は、手術が決まるたびに私を海に誘ってくれる。これ今やルーティン。日本語で言えばゲン担ぎ。

小さい頃テレビで放映していたアメリカのドラマ「わんぱくフリッパー」を観て育った私は、いつか私も船を操船してみたい夢があり、四十五歳の時「どうせ取るなら小型船舶一級免許にチャレンジしてみよう！」と思い、受験。三角定規とデバイダーそしてコンパスを持って海図から時間、距離、速度を計測し出す教習、実技。講習会の途中で挫折して帰って行く二十歳代の若者がいるなか、一気に集中力を上げて勉強した。その甲斐あって「バンザーイ！」無事合格！

またひとつ私の楽しみが増えた。

そして、江ノ島やまゆり倶楽部のヨット仲間と大海原に出て気分転換。

すると、乗船した中には何人かのガン経験者がいて、特に女性同士で治療中のみっちゃんとは同病相憐れむ話でむしろ盛り上がり、気持ちが軽くなった。そのみっちゃんに現状を相談すると、「セカンドオピニオン」という方法を薦めてくれた。やっぱり海は希望を与えてくれるのだ。

※「やまゆり」は一九六二年に東京オリンピックに合わせて建築された大型木造帆船。私と同じ歳なので、いつまでも活躍してほしいという思いで保存会に所属している。

やまゆり船長と

多摩川リバーサイド駅伝五人の写真

第二章　セカンドオピニオン

自分のことは自分で決める

病院に戻り、早速セカンドオピニオンの旨を伝えると、泌尿器科のS先生は「それも一つの手段ですね」と快く応じてくれた。

病院はインターネットで検索した。

人に紹介してもらったりすると、不満に思うことが出てきても遠慮して言えずに、それがストレスになる。こういった事だけは避けたいので、インターネット検索で自力で探すことにした。そうすれば、自分で納得できるまで情報を探すから妥協がないので安心するまでとことん調べることになる。

足元を固めて、さあ次へ進もう！　という気力の源になるのだ。

この点で、たくさん出版されているガンに関する書籍も使えるかなと思ったが、最近はガンの治療法について、まさに日進月歩だから書籍情報はすぐ遅くなる。私はインターネット社会が構築されてから患者になって、ホントに良かったと思う。

しかし、病院の数が多すぎて迷う。そこで、ガンの症例の多いところを基準に探すと、セカンドオピニオンのことなどわりあい分かりやすく書かれていて、都内のガンを専門にしている病院の肝胆膵外科、S先生に予約を入れた。

病院というのは忙しいものだから、たいていの場合電話対応が事務的だったり、冷たかったりする。ドキドキしながら覚悟を決めて、受話器を耳に当てたその先から聞こえた対応の優しさが、この病院を選択した理由の一つにもなっている。

セカンドオピニオンは意外と高額だった。病院によって違いがあるのかもしれないけれど、三十分以内の相談で三万円を超える。でも背に腹は代えられない。

大きい専門病院だから、行ってみると施設も大きいけれど患者も多かった。ここには学生時代の友人も入院していると聞いていたし、この日はロビーで近所のおじさんにもバッタリ会った。今や日本人の二人に一人がガンにかかると言われることを実感した。

入院していた友人を訪ねると、「この病院にかかれば皆スキップして退院できるよ」と、とても心強い話をしてくれた。

セカンドオピニオンには、家族全員で出かけて行った。たったの三十分だったけれど、前の病院がきちんとデータを揃えて提出してくれたおかげでスムーズに診断が下され、私の膵臓手術は十時間近くかかる大手術になるが、摘出は出来ると結論された。

運命を感じたのはもう一つ。この日手にした診察券番号の末尾は「４７７１」だった。前の病院を逃げ出した理由は病室の「４２７」、そして今度は「死なない！」と来た！　捨てる神あれば拾う神ありとはこのことだ。私は即座に転院を決めた。

二十六年に幕をおろす

私はやっと決心した。

最初の腎臓手術の時は、怖がっていたけれど治ってしまえば元の生活に戻っていた。今度はこの病院で、たくさんのガン患者を目の当たりにし、「生活」の態度やリズムを根底から考え直さなければ、また同じドツボにはまると確信したのだ。

手術を前にすれば、麻酔からそのまま目覚めることなく死んでしまうのではないかという不安はあったが、それはガンに限ったことではない。

私の覚悟とは、四半世紀以上続けてきた自分の店を閉めることだった。私の唯一の収入源であり、あの店が子どもを育てさせてくれた。そして多くのお客さんに学ばせてもらった、私のよりどころ。未練だらけだった。また母に頼んで続けてもらうことも何度も考えたけれど、決定的だったのは、夜中まで働くもとの生活に戻るのは、同じことの繰り返しを生むだけだったから、私は睡眠時間を確保するためにも、未来を信じて先に進むことにした。

手術は一ヵ月後に迫っていたから、閉店するならこの間しかないと思った。

二週間くらいの短期間に、長年ご贔屓頂いた方々への挨拶状を書きまくる。するとそれを送った途端に、店には古いお馴染みさんから同級生まで、連日満員御礼。私を元気づけてくれようと駆け付けてくれた皆に感謝した。感激して毎日泣きっぱなしだった。

そして、山口百恵ちゃんばりの〝ステージにマイク〟ならぬ〝まな板に包丁〟を置いて、私流『さようならの向こう側に』で二十六年営業した私の城の幕を閉じる事に――。

その後も、手術までの一ヵ月間はあちらこちらの友人が激励会を開いてくれて、病気の事を忘れさせてくれる多忙ぶり。嬉しかったなあ――。これが祝い事の激励会だったらなあ……。

痛みとの戦い

転院先の病院では、連日通院して同じ項目の検査を最初からやり直した。そして手術二日前に、入院した。

『腎細胞ガンからの転移性膵腫瘍肝腫瘍の為、膵頭部腫瘍切除術（膵頭十二指腸切除術）』

手術当日朝八時、息子と娘、母と姉とハグをして手術室の中へ入って行く。

扉がゆっくりと閉まっていく間ずっと手を振り続けてくれた家族。私は涙が溢れて止まらず、麻酔科の先生や看護師さんに慰められながら麻酔の注射が打たれると一〇を数える間もなく昏睡していった。

十時間は、まるで一瞬のようだった。麻酔からぼんやりと目醒めると、私は生きていた。

「生きてる……」嬉しくて夢のようだった。

だが、麻酔が切れると激痛に七転八倒。

二日間苦しんだ挙句、全身蒼白震えは止まらず血圧は降下した。あまりの痛さに「死んだ方がマシ！」と先生に訴える。

ショック死しそうな形相に、尋常ではないことを察してくれたのか、さながらドラマの一場面のようにベッドのままＩＣＵから病院内を先生と看護師さん達が走ってＣＴ検査室へ運んでくれた。

腹部に一リットルの血栓が溜まっていた。早速取り除いて洗浄する止血ドレナージ緊急手術が二時間にわたって行われた。

やはり、以前ものの本で読んだことがあったが膵臓に関する手術は怖いというのは本当だった。大変難しい手術だったということが、先生たちのご苦労の様子で伝わってきた。感謝。

ＩＣＵでは、身体のあちらこちらから出ている六〜七本のチューブにがんじがらめにされている上、痛みも伴って身動きひとつとるのもままならない。

手術を終えて後から入室してくる大腸ガンなどの患者さんたちは二〜三日で一般病棟に移って行く。

一人取り残され、只々テレビから流れる食べ物の番組や美味しそうなＣＭを恨めしいまなこで観ていた。そして、退院後に食べたい物をメモしながら水を舐めるだけの一週間の修行を終え、ようやく一般病棟に移った。

胃が小さくなっているから、食事は三分粥と小鳥のエサ程度の副菜でお腹はいっぱいになってしまう。体重はみるみる六キロ減。しかも九種類の薬を飲むと、美味しさの満足がないまま満腹。この期に及んでいまだダイエットの意識が定着しているのか、嬉しいような悲しいような。複雑な気持ち。

〝手術は先生、術後は自分自身の力の見せ所〟

これが私が考えた手術を乗り切る格言（？）でもそれだけではなかった。

約一ヵ月で退院するまで、沢山の友人が連日お見舞いに来てくれた。そんな友人たちのパワーも作用したから、まったく感謝にたえない。

とはいえ、あの術後のとてつも無い痛みはハンパではなかったから極端なことを言うと、術後に目が覚めずにあの世に逝ってしまっていても、今の私にとっては麻酔で眠りについたまま、その後の痛みや苦しみを味わわずに済む……そんな罰あたりな幻想さえ抱いてしまいそうだった。

退院後、姉の住む信州で療養し、体力も徐々に回復した。店を閉めたから、以前と違ってゆっくりと過ごすことができたし、自分のこれからの生き方についても考えることができた。

マラソンをしながら、自然の風を感じることもできるようになったし、自分と対話しながら走るのも楽しかった。

ヨットに乗れば、大海原に生命力を感じたし、心が洗われた。

チェロを弾けば、音色は体中に浸透してくるようで癒された。

ゴスペルは、感謝の歌に聴こえるようになった。

一難去ってまた一難

そして半年後。

またもやＣＴ検査で引っ掛かる。

今度も膵臓だった。今回は膵尾部に再発が認められる。精神的にも体力的にも私の体内に今後余力があるのだろうか、とても残念……。

しかし、膵臓ガンではなく膵臓に転移した腎臓ガン細胞なので切除すれば完治という僅かな希望を持ち、桃の節句から、再び一日置きのインターフェロンの自己注射を開始、腫瘍が縮小してから次の手術をすることになった。

ガンが小さくなっても手術の痛みは変わらないのに、また保険の利かないインターフェロンはお財布も痛む。

長男はこの春大学を卒業し、長女は大学二年生に。

しばらくすると頻繁に胆管炎を引き起こすようになり、そのたび三十九度台の高熱を出した。

入退院を繰り返す。八月に五日間、十月に三日間。そのため、手術で膵尾部切除、胆管空腸吻合《ふんごう》部狭窄《きょうさく》に対する再吻合を併施《へいし》する事となった。


友だちから、ポジティブかつアグレッシブだと言われる私でも、ガンの再発は心が折れそうになる。

〈なんとかしなきゃ〉そう思って行動に出るからアグレッシブと言われるんだろうな。精神的ばかりでなく、体力、筋力をつけるために一日三キロ〜五キロを走り始めた。術後やせた体。体が軽いと容易《たやす》く走れる。

美味しいものが食べられそうな地方のマラソン大会をみつけて、出場しようと思い始めたのもこの頃。

ランネットというサイトで見つけた「松島ハーフマラソン大会」にエントリーしてみた。七千人ほどの参加者でかなり賑やかな大会。ゲストランナーには千葉真子《まさこ》さんがみえた。参

千葉真子さんと

加賞で、牡蠣汁をご馳走になり、初マラソンにしてはまずまずの結果で大満足。

松島（宮城県松島町）は本当に美しかった。旅をするって、健康じゃない時こそ気持ちに効いてくるものかもしれない。松島の風景を見ていると、自然イコール生き物とか生命とか、そして命を育んできた先祖代々、歴史とか、いろいろ感じた。

今考えれば、この五ヵ月後に、この景色は一変したわけだが、それも大地の歴史なのだ。震災で人生を捻じ曲げられてしまった人たちのことを思えば、私なんか自分のことだけで大事件のように悩んだり苦しんだりしている――。


その日の朝「行ってきまーす！」と元気に玄関を出て行った家族が帰って来ないなんて、なんと残酷な事だろう。自分とは比較にならない辛さに違いない。ガンが一番死に近いと思っていた私にとって、生命の不平等さをひしひしと感じる出来事だった。

「なんとかしなきゃ」と考えたのは心の問題だけじゃない。店を閉めたからには、いつまで無職で療養していられるか、貯金の残高とにらめっこだ。

第三章　新しい仕事

パンとの出会い

そんなとき、信州の姉がホームベーカリーでパンを作っているのを見て、ちょっとひらめいた。パンを食べるのは大好きだけど、作ったことは無かった。居酒屋は酒の肴と家庭料理だったから、パンというのはわりあい縁遠い。

パンという分野に、料理好きの私は即座に反応した。帰宅後、友人から紹介され早速ABCクッキングスタジオでパンを習い始めた。パン生地が発酵して育っていく様子はまるで子どもを育てているかのように可愛く感じて、一気にのめりこんだ。こんなにと思うくらい、日々パン作りに明け暮れるようになった。

学校から帰り玄関を開けた子どもたちも最初の頃は、「わあー！　パン屋さんのにおいがするー！」と喜んでいたが、あまりにも毎日パンばかり作っていたので、しばらくすると「最近小麦粉しか食べさせてもらってないんですけどー」と言い出したくらいだ。

スタジオの講師たちは、みんなイキイキと笑顔で教えてくれた。そんな彼女たちからパワ

ーをもらい「好きなことを職業にできた人はなんて素敵なんだろう」と、つくづく思った。

そして、そんな選択肢が自分に現われた。私は講師になるためにいろいろとやるべきことにトライして年末にはＡＢＣクッキングスタジオの講師の採用試験に合格する事が出来た。決して資格マニアではないのだが、試験となると燃えるタイプのようだと今更ながら気づく。

また、料理の仕事が出来る！　しかも昼間の仕事で、睡眠時間も確保できる。免疫力を高めるのは睡眠が一番だと姉からさんざん言われ続けたが、これなら大丈夫。私にも第二の人生が待っていてくれたようで、本当に嬉しく楽しい日々がスタートした。

お腹の中にはその時もガン細胞は育っていたんだろうけれど、そんなことは、忘れてパンをこねていた。落ち込んだり暗く不安になっていると、免疫力が低下してしまうということはたびたび聞いたり読んだりしていたから、「ガンは忘れるに限る」と思っていた。
普通はそれこそが難しいところだが、夢中になることがあれば、それが可能だ。

年が明け、二〇一一年

インターフェロンを一年続けた結果を検査したが全く残念な事に、ガンは縮小していなかった。そして七月に膵尾部、脾臓切除及び胆管空腸吻合《ふんごう》部狭窄《きょうさく》に対する再吻合の手術が決まり、その前にまたまたまたハードな検査が始まった。

この年、娘は成人式、息子は就職する。

三月十一日、東日本大震災。

手術日の二週間ほど前になって、早朝三八・七度の発熱、横隔膜が締め付けられる極度の痛みで救急車を呼んだ。

今まではどんなに高熱でも電車に乗り朝のラッシュ時でも一時間かけて自力で病院まで行

っていた。これほどツライ乗車はないが、前回の入院時に先生から「そんな時は救急車を呼びなさい」と言われたので甘えることにした。

サイレンを鳴らしてやって来た。やはり近所の人は何事かと驚いて出て来るものだ。人生初の救急車。救急とはいえ安全を考慮しながらとても大事に運んでくれて救われた。有り難かった。そこから六日間の入院。そして、一度退院して手術に備えた。

覚悟を決めて

またまた免疫力を考えて、楽しい入院生活を企画！　発売されたばかりのｉＰａｄを購入し、美容院に行ってパーマをかけたり、歯医者で虫歯を治療したり、さらなる免疫力を考えて、苦しいことや悲しいことを考えないために、入院前のお決まりのお楽しみコースも欠かせない。カラオケ、映画、ヨットセーリングをひととおり、そして前夜は友人の店で同級生と呑んだくれた。

ウキウキとまではいかないものの、楽観的な気持ちで病院に向かった。しかし、どこか無理があるんだろうなぁー、息子の車で送られて病院に到着し入院手続きを済ませて十階の病棟に上がる頃にはすっかり元気が無くなり涙が溢れて来た。もう倒れそうな感じ。〈ああー吐きそう。あれっ？　夕べの飲み過ぎでかな？〉息子には夕方先生からの説明を一緒に聞いて貰う。もう四回目の手術ともなると、息子も「再発」と聞いたくらいでは動じない。

情緒不安定

誰も居なくなるとうつ状態に突入する。熱もどんどん上がり、いつもの元気はどこかに行ってしまう。夢も希望も失くなるとはこう言う事なんだろうかと思った。気力が全く失せてしまって……。出るのは涙とオナラだけ。

心を「無」にして

今更あれこれ考えてこの場から逃げ出そうが逃げなかろうがどうにもならないのが事実。まな板の鯉です。先生は「頑張りましょう！」と言うけれど頑張るのは先生、私は耐えるだけ。早くて五時間、長くて八時間との事。出来る限り丁寧にかつ痛み少なめでと出来る限りのわがままなお願いをする。

前を向いて歩こう

手術日前日。

最近では家族が全員集合する事も少ない。仕事も忙しいだろうし、なにより全員アクティブだ。でもこの日は久しぶりに病室に集まってくれた。その日姉はピアノコンクールで奨励賞を頂いたそうでとても嬉しそう。息子はライフセーバーの講習を終え、娘はラクロスの試合後、なり振り構わぬ格好で入って来た。七十四歳になった母が足腰丈夫で元気でいてくれることは、何よりの救いだ。

四人が帰る時に、ガタイの良い大きな子どもたちとハグすると……ヤバイ。

〈上を向いて歩こう　涙がこぼれないように
思い出す春の日　一人ぽっちの夜

……………

幸せは雲の上に　幸せは空の上に……〉

空の上には行きたくない。

そうだ！　前を向いて歩こう。

でもね……。

*　*　*

本当にお願いしておきます。

もしもの時のお葬式はいりません。江の島やまゆり倶楽部の船長に連絡して船上からの散骨とクラブハウスを貸し切っての楽しい集いを宜しくお願いしますね。

*　*　*

寝付けない長くて暗い時間にようやくほんのりと青みがかったわずかな明るみが感じられ、まだ病室の誰も目覚めていない静かな朝がきた。

もう、涙はない。二〇一一年夏、二年ぶり四度目の開腹手術。早朝から集まってくれた家族とハグをして閉まる扉の向こうに笑顔で手を振る私がいる。怖がって居てもどうにもならない。

戦闘モード突入だ！

七時間半の手術が終わり、六日間ＨＣＵ集中治療室にいた。

以前と同じく、大腸ガンのオペを終えた何人もの人たちは二日程度で一般病棟に移って行く。羨ましかった……。

ようやく一般病棟に移ると、がんじがらめにされていたドレーンが徐々に外されていき、術後十五日目に退院、一ヵ月後には仕事に復帰する。

何の心配もなく、職場復帰できる場所があることは本当に幸せに尽きる。

そうだ！　パリへ行こう！

せめて二年ぐらいはおとなしくしていて欲しかったが、マラソンなんかしているから細胞が活性化してしまうのだろうか？　どうして？　なんで？

まだ七ヵ月しか経っていないのに、二〇一二年二月の検査で転移が発見され、四月に手術することになる。

＊　　　＊　　　＊

さあどうする潤子。手術まで、あと一ヵ月……。

私が悶々としていると、リビングにいた母と姉も、とうとう私が死んでしまうんじゃないかといつものように思いを巡らせているようだった。

すると、姉が私に言った。

「潤ちゃんの今やりたいことって、なに？」

あらためて今「今」やりたいことを考えてみる……。

以前『死ぬまでにしたい一〇のこと』というタイトルの映画があった。二〇〇三年の映画だったから最初の手術から二年経っていてとても興味深いタイトルだったが少し被るようで怖くて観てはいなかった。ただ、自分だったらと考えたことはあったが、そうなると考え込んでしまってなかなか出てこない。

一つだけ上げるなら、ＡＢＣクッキングスタジオのホームページにパリのパン屋さんで修行が出来るツアーが載っていてそれが非常に気になっていた。たしか、日本人女性が経営しているお店と書いてあったが……。

そうだ！　パリだ！　パリへ行こう！

とは言うものの、お金もないし、パリは遠い。

「こういうのがあるんだけどね……」

　恐る恐る話してみると、

「それ、いいじゃん。行けば」

「だって、パリだよ？　一人で？　フランス語もしゃべれないし」

「潤ちゃん、何言ってんの？　江戸時代じゃあるまいし、パリでお茶してくる、ぐらいの時代だよ」

「ん〜。でもお金ないし……」

　ここでまさかの母の発言。

「わかった。それ、私が出してあげるから行ってらっしゃい」

「え〜！」

　私も姉も驚いた！　お母さん、マジ⁉

　こう言ったらなんだけど、完全に死ぬと思われているかも……。

　十八歳の時にサイパン島とグアム島に行った以来、新婚旅行は熱海一泊だったし、もう海外旅行など行く事もないと思っていただけに、自分自身も「残された時間が限られているとしたら」と考えた時の思い切りと言ったら、言葉が通じないとか、一人旅とか、もう怖いもんなしの状態だった。

パリに店舗を構えるブーランジュール（パン屋）の日本オフィスを訪ねて、たった三日間だけれどパン作りの研修をお願いする。そして片っ端から旅行会社を当たり、どうにか一週間後の終日フリーツアーに入り込む事が出来た。

飛行機に搭乗するまでの時間が短か過ぎて、仕事も準備も大慌てで眠る時間もなかったほどだったが、飛行機に乗ればゆっくり寝れるだろうと前のめりで頑張った。

しかしさすがに格安ツアー、早朝羽田発の途中経由地ロンドンヒースロー空港でのトランスファーもかなりの長時間でパリは寝ても寝てもたどり着かないほど遠かった。

言葉も通じない五十歳のガンを抱えた女がたった一人でパリのパン屋で修行をしながら街中を歩き回る。

〝Ｏｈ！　シャンゼリゼ

パリのシャルル・ド・ゴール空港から街中に向かうと、そこには優に百年以上は経ってい

ると思える建築物が建ち並ぶ。

シネマの世界に入り込んで、一人ポツンと置かれたような感覚がする。行き交う人は映画の世界の人たちみたいだからだ。つまりお洒落なマダムとムッシュ、そしてマドモアゼルたち――。

ホテル近くのモンマルトルの丘からはパリが一望出来る。

サクレ・クール寺院の朝八時の礼拝で聴いたシスター達が謳う讃美歌の美しい旋律が忘れられない。天に届く歌声というのだろうか。神さまを讃える歌は、汚れなく透き通って身体を浄化してくれるような感覚だ。もやもやした不安がこそげ落ちて、生きていることに感謝を感じて胸がときめいた。

私はいつでも生きていることを感じていたい。だから初めて見る街や、初めて出会う人たちは、私にとって生きていることを実感させてくれる。私が生きる意味は、そこにもある。動くこと、驚くこと、喜ぶこと、発見すること、チャレンジすること、そして小さな達成感――。その積み重ねこそ、生きている証なのだ。パリの街には、そんな人たちが溢れていた。私は生きる意味をますます実感した。

空っぽに近い状態で持っていった大型スーツケースに、帰りは大好きなワイン、チーズ、バターとセーグルの大きなパンをどっさり詰め込み過ぎてかなりなんてもんじゃない重さ！

大きな駅以外は日本のようにエレベーターはもちろんの事、エスカレーターもない。この荷物と一緒にこの石の階段を転げ落ちてしまうかもと、一瞬立ち止まる。すると、何だか分からないフランス語が聞こえて振り返ると一人の紳士がそのとてつもない重さのスーツケースを持って階段を下りてくれたのだ！　この人は何故親切にしてくれるのか？　出発前に治安の悪さを聞いていただけに疑ってしまうが、これほど重い物を奪って走れる訳がないので、これは本当にドラマのような出来事だった。そして、乗り換えて空港行きの高速列車の中に荷物を置くと、また何だか分からないフランス語を喋って、笑顔でバイバイと。あー！　せめてお名前だけでもー!!

全く情けない……。その後空港で超過料金を取られるも旅の思い出に。

さてさてパリから帰国すると、今度は仲良しの同級生がこれまた私の事を思ってくれてか、気晴らしの韓国一泊弾丸ツアーに連れて行ってくれるという。なんと言うことでしょう！

全く遠慮する事なく「行く行く！」と返事。

この旅行までが『酒とバラの日々』ならば、帰国後はさしずめ『仕事と検査の日々』といった感じになるはず。なので、とことん遊ぶ。

痛みに耐えて

それから二週間後、四月十七日に手術となる。

朝八時半から十五時まで、膵体部《すいたいぶ》再発に対しての膵分節切除、膵管部腸吻合《ふんごう》、右腎部分切除を胆肝膵外科と泌尿器科合同で施行される。これで五回目の手術。

術後五日間にわたって、私の手帳には殴り書きがしてある。

イタイ！　死ぬー！

イタイ！　苦しー！

イタイ！　助けてー！

イタイ！　もうダメー！

イタイ！　ムリー！

体力消耗⤵

そろそろ快復してきたかなと思った九日目、膵液漏れありで小手術。これで手術は六回目となった。

年間の症例数で言うと乳ガンが約千件で、私のような腎臓ガンの膵臓転移は十件あるかないかなのだそう。

しかもドクター曰く、「この病院で膵臓を三回切ったのは貴女だけ」なのだと！　褒められた？　わけでもないけれど、悲しいような嬉しいような、チョット誇らしい気持ち。


今回は少し長めの休みを頂いて術後六十五日に仕事復帰。


やはり体力を付けたいので軽くジョギングも再開。

ずいぶん前になるが娘と一緒にタップダンスを習っていた時があった。その時の仲間と時々会って近況を語っていたが、皆体を動かす事が好きな人たち、多摩川リバーサイド駅伝のポスターをバス停で見かけた話をすると全員が面白いように喰いついてきたのでエントリーすることに。

五人での駅伝。男子の部、男女混合の部、女子の部。八〇九組の参加中女子だけのチームは二十三組で、大学駅伝の招待選手も出場する大会。遊び半分でエントリーした私たちに待ち受けていた出来事は……。

まさかの最下位！

アンカーだった私は、走り出した時に一緒だったオジさんが途中棄権してしまったもんだから、伴走の自転車が付いてくれて、土手の上にあるサイクリングコースからは一般の人たちが声援をくれ、ラストのトラックに入ると走り終えてお弁当を頬張る選手たちが一斉に集まって来てくれての大声援！

オリンピックの金メダルにも劣らない貴重な体験になった。

イ　ニ　ッ　シ
バ ー サ イ ド 駅 伝

第四章　親はなくても子は育つ

娘の留学先に

二〇一三年、年が明けると早々に大学三年の娘がサンフランシスコに留学した。

私はＡＢＣクッキングスタジオの講師に加えて、六月から地元のパン屋でも働くことにした。パン屋もクッキングスタジオも、平均十時間ほどは立ちっ放しの仕事。このＷワークはかなりハードだったが、このころ私には将来パン屋をやりたいという夢があり、いよいよ具体的に勉強したいと言う気持ちで頑張ることにした。

手術から一年以上たって、私は自分の健康に自信を持ちつつあった。すると留学した娘の様子も心配になってきたので仕事の合間を縫って、娘に会いにいくことに。

一人飛行機に乗り込み初ＵＳＡ！

娘は喜んで空港に迎えに来てくれた。私も、久しぶりに会った娘が元気な笑顔を見せてくれたのでまずは安心。お世話になっているホームステイ先に焼いていったパンを持参してご挨拶。

娘は、私がガンに翻弄《ほんろう》されて可哀想だと同情してくれて、数々の観光スポットを限無く案内してくれた。母親のアクティブな性格を熟知しているから、一筋縄では満足させられないと思ったのだろう、いやいやかなりのスパルタ観光になった。

口は達者だと思っていたが、英語でペラペラしゃべっている娘を初めて見て驚いた。留学のことも大して相談にのってやることも出来ずに渡米した娘だが、親はなくても子は育つ。

ENTRANCE

ヘルスフード

　頑張っている娘に刺激を受けて、仕事にも一段と意欲が湧いた。

　職場で「ヘルスフードカウンセラー」（ＨＦＣ）という食による健康管理のアドバイザーの資格試験があり、久しぶりに集中力を発揮する受験体制。合格も嬉しかったけれど、この勉強で、自分の食べるものが自分の身体を作っているんだとあらためて自覚が芽生えた。

　実は、最初にガンを告知された時から、腎臓ガンは「腫瘍を切除すれば完治」と聞いていたので、食事療法など考えたこともなかった。この資格のおかげで気づきが得られてありがたかった。ガンにならない食材を調べたりして、十二〜三種類の材料をピックアップし、自家製のグリーンスムージーを作った。これを毎朝ぐいっと飲む。

不安が的中

この年は二月に頭頸部《とうけいぶ》に腫瘍が見つかったが、良性で、消化器、泌尿器にも再発は認められず、本当に幸せな一年を締めくくる事ができた。が、もろ手をあげて嬉しいかと訊かれれば、そう簡単ではない。よく五年再発しなければクリアのように言われるガンだが、私の場合八年経って再発した訳だから、まだまだ油断はできないと心の底に塊のような不安があるのが本当のところだ。

＊　＊　＊

……ほらね。

喜びも束の間。翌年の春の検査で右副腎に転移が見つかりガッカリ。傍大《ぼうだい》動脈リンパ節に転移の可能性も指摘された。リンパ！　これはヤバイと思った。

あーあ……。

山あれば谷あり。楽あれば苦あり。

泌尿器科のY先生からはさすがにもう切開は無理だろうと抗がん剤治療を勧められた。以前同室になった患者さんたちから抗がん剤治療について、辛く苦しい話ばかりを聞いていたのでとても悩んだ。どうしても薬は嫌だ。

腹腔鏡手術の事も聞いてみたが、こんなに複雑な手術を何度もしている私にはまるで適用外だと言う話だった。

消化器外科のS先生に相談すると、手術は可能と力強く応えてくれた。良かった！　速攻でお願いする。

五月に入り、毎度のことながら検査の日々が始まる。

息子からのプレゼント

六月初め、手術日の三日前に入院。翌日、「全日本ライフセービング種目別選手権大会」に息子が出場するため、入院と同時に病院に外泊届を提出し、朝から娘の運転する車で千葉県の九十九里浜に応援に行く。友人家族も応援に来てくれて賑やかに。大会は二日間で、一泊して翌日午後二時くらいには病院に戻らなければいけない。時間は限られている。息子は予選、準決勝を通過して決勝に進むことが決定、ここで私はタイムリミット。優勝？　出来たらいいいな。最後まで応援できなくて本当に残念だけど、頑張ってね。

やるんだ。出来るんだ。絶対行くぞ。
テンションを高める集中力。
自分の気持ちを絶好調に持って行くのだ！
気合いと努力と根性だ！

と、自分にも言い聞かせるようにLINEで応援。

病院に戻り、パジャマに着替えてベッドに横になる。いよいよ明日は私の本番だ。目をつむって、静かに祈る。

三十分程経ったころ……。

息子から「優勝した！　だから明日頑張って！」とLINEが届く。嬉しくて涙が止まらなかった。いつもお先にどうぞ的な、今ひとつ〝負けず嫌い〟に欠けていた息子が『チャンピオン』!?　ありがとう。勇気と希望を貰いました。その夜は興奮して眠れずに手術の朝を迎える。

Daiichi-Sankyo
THE 42 nd

七転八倒

七回目の手術。

ここまで来るともう患者としてのプロ意識が芽生える。麻酔がかかり、時間が止まる感覚を楽しむくらいの余裕があった。

目が覚めると先生からリンパへの転移がなかった事を聞き、天にも昇る思いがした。しかしながら毎回術後三日目に外される「硬膜外麻酔」これが抜かれると、それは半端で無い痛みが襲ってくる。七転八倒の苦しみだ。少なくとも五日間くらいはこの痛みで夜も眠れなくなる。一週間経つとだいぶ楽になるが、外された直後など「水揚げされたマグロ」のように冷たくなってヒクヒクしていたと、ふざけた看護師さんが笑わせる。痛みさえなくなればホテルのような快適な病院である。

離婚

ここまできても、まだ「喉元過ぎれば熱さを忘れ」てしまう。元気を取り戻せばまた調子に乗って無理をする。

生きていく為には無理をしてでも働かなくては、かさむ医療費の支払いが追いつかない。

この年の十二月、結婚二十八年うち別居十六年の夫からの要望で婚姻生活に終止符を打つ。

二〇一〇年頃に見たＰＩＮＫという雑誌に「別居はがんの生存率に影響を及ぼす」と書いてあるのを読んだ。「別居」というのは先行きの不安や突然の状況変化を意味する特殊な夫婦関係のあり方で、この強いストレスのかかる状況が免疫機能に悪影響を及ぼして明らかに生存率が低くなるという研究結果が出たそうで、以降非常に気になっていた事なのでとてもスッキリした気分になり幸せさえ感じた。

子どもたちは、もはや子どもではない。

離婚届け提出に立ち会ってくれた息子が記念撮影すると、それをネタにfacebookにアップされ、その後ナント「いいね」を三〇〇件もいただく事に。

あれから30年（写真）

度重なる胆管炎

術後一年経った七月、胆管炎で六日間の入院をする羽目になった。この原因は、度重なる手術のために胆管が細くなり詰まりやすくなっていたからで、重大な事態というわけではないが、三十九度台の高熱が出ることと、四日間の絶食は辛いものだった。テレビも雑誌もグルメものがどれだけ多い事か。こんな時は食べ物以外の事は考えられなくなる。

この二ヵ月後の九月二十四日、女優の川島なお美さんが亡くなったとテレビで訃報が流れた。

胆管がんだったそうだ。

年齢もひとつしか変わらず、ワイン好きの私は、他人事には思えず大変ショックを受けた。最期まで意志を貫き女優を全うした、本当に素敵な方で、見習いたいところだらけでした。

ガンの先輩

初めて告知された当時、ガンに関する本なんて買う気にもならなかったのだけれど、その時通りかかった書店でコワゴワ開いた本の冒頭に「人は産まれた時から死に向かって生きているのだ」と書かれていて何だか少し気が楽になった事を覚えている。

そして、私より先にガンを発症した友人が元気でいてくれる事がどれだけ励みになったことか、今も感謝しています。

だから私もこうして愉しく生きていることをお伝えすることで、希望を持って下さる方がいらしたら、それが私の生きている意味なのかもしれないと思ったのです。

人生は死ぬまで修行

生きていると楽しい事ばかりでなく、辛いと思う事の方が多く感じてしまうストレス社会。日々の生活が大変だったり、忙しくてクタクタだったり、病気になって落ち込んだり……。

でもね、それが「生きているということ」なんだよね。

だから私もまだまだ修行が足りないって事で……。

第五章　エンドレスガン

ついに抗がん剤？

二〇一六年八月ＣＴ検査。

午前九時診察のはずが、なかなか呼ばれない。今までの経験上、何かあったに違いないと察した勘は見事に的中した。

口を真一文字に結んだ泌尿器科のＹ先生が画像を見ながら「転移があります」と一言。

（出た──！）前回の手術から二年二ヵ月経過し、すっかり元気になっていた私は『七転び八起き』を信じてもうガン細胞が再発してくる事などないと過信していた。

（あー！　またあのイタイ思いをしなければならないのかー！）と半ば諦めながらも腎臓ガンは取れば治るのだと心して、「また、手術？」と尋ねたところ「うーん、手術出来ない場所なんだよねー。右腎臓中程と左右の副腎部分にあって、これは手術で取れない場所なので分子標的治療薬と言う抗がん剤での治療となります」（ガーーーン！　ヤダヤダゼッタイヤダ！）

免疫力を上げるから！

生姜、生姜！　体温めるから！

ちゃんと眠るから！　睡眠しっかりとるから！

ストレス溜めないから！　無理しないから！

何を言っても「後の祭り」

腎臓ガンは抗がん剤が効かないと言いながらも化学療法の専門医だから、分子標的治療薬を勧められるのはこれで三度目。

十五年前の最初の腎臓ガン以来、その後の再発にはいつも膵臓など消化器にも転移があった為に肝胆膵外科のS先生がとても複雑な手術を快く承諾執刀してくれていた。泌尿器外科の先生との連携手術もあった。

しかし、今回は泌尿器科の先生方で話し合っての結果という事で翌週までに「スーテント」もしくは「ヴォトリエント」という抗がん剤のどちらかを選んで治療開始しましょうとの事だった。

一週間、説明書を読むもその効果よりも副作用のページばかりでガッカリだった。

お酒落が大好きな私は、日ごろ被る帽子をカツラに変える算段をしなければと考えたりし始めていた。

だが、さすがに開始当日を迎えると決心がつかない。

「先生！　ムリ！」

「絶対やりたくない！　選べない！」

「セカンドオピニオンに行ってみたい！」

と申し出ると、納得の表情で私が調べてきた病院の腎臓ガン専門医に紹介状とカルテのCD-ROMを用意するのでフロアに出て待つようにと言われた。

ＩＶＲ（インターベンショナル・ラジオロジー）

ひと気の少ないベンチに座ってわずかな希望を願いながら待っていると、目の前に地味なチラシが置いてあった。

《ＩＶＲ治療法》と書いてある。何だろう。ふと手を伸ばしてみる。《インターベンショナル・ラジオロジー》？　聞いたことのない言葉。でもガンの治療にも関係あるみたいだ。家に帰りインターネットでよくよく調べると、どうやらカテーテルや針を使って画像を見ながら治療する為、傷も残さない画期的な治療法らしい。開腹手術、放射線治療、化学療法に次ぐ第四の治療法だそうで、現在かかっている病院から程近い国立がんセンター中央病院で二〇一四年十二月からＩＶＲセンターを開設して治療を行っているそうだ。

体の表面から直径一・五ミリ長さ十五センチの針を腎臓ガンに刺し、その針先からマイナス一八五度のガスを流す。ガン細胞が凍り始めアイスボールに包まれる。そのあと解凍。もう一度これをくり返し凍結死滅させる最先端治療法。この時点で腎臓ガンだけに保険適用されているとの事。

〝運命〟？

〝巡り合わせ〟？

鳥肌が立つ思いがした。

迷っている暇はなかった。

調べ尽くした上で翌週もう一度紹介状を書いて貰いに行き、その場で電話をかけ、先方の放射線科ＩＶＲセンターの曽根先生とお話をして二日後の診察をお願いする。こんなに簡単に予約を受け付けてくれた事にも驚いたが、私の中ではもうこの新しい治療法に心が引き寄せられていて訪院した時は、もうすべてお任せするつもり満々だった。そして診察自体がセカンドオピニオンとしての対応ではなく初診扱い。高額なセカンドオピニオンの支払いをする事もなかった。十三時三十分からの予約だったが、放射線診断科ＩＶＲセンター長の荒井先生は一人一人の診察をとても丁寧に対応されているようで、かなりの時間待つことになり、三時間半後、ようやく診察室へ。

ＩＶＲ治療法の第一人者であるこの荒井先生でも頭をひねる程の難しい場所らしい……。

私のように何度も手術していると内臓が癒着しているので、腎臓ガン細胞を凍結させる際にすぐ縁に癒着している大腸に穴が開く可能性があると言う。もしもそうなったら大腸の中のウンチがお腹の中に散らばって腹膜炎をおこし、命にかかわる可能性があるので緊急開腹手術になるのだと……。そして、副腎に関してはホルモンバランスが狂い血圧が上がって脳梗塞やクモ膜下出血をおこす危険性もあると言われる。イチかバチかの勝負だ。

「家に帰って良く考えてから……」と先生がその先を言われるのを待たずに、

「では先生！　それでよろしくお願い致します！」

「え？」と聴き返した先生に、間髪容れず、

「もう、私にはこの方法しかないんです！　お腹を切る覚悟も出来ています！」と言うと、

先生と隣にいらした若い先生も驚いた様子で、

「そんな即答されるとは……」

「では僕たちもあらゆる手段を考え、どうにか頑張ってやってみましょう」と言って下さった。

ひとまずホッとして、二十五日後の入院を予約して帰宅。

八回目の手術

陽が落ちて来ると公園ではあんなににぎやかだった蟬の鳴き声が、いつの間にかコオロギの鳴き声に変わっていた。

前日まで仕事をして帰宅後、知らない人が見たらまるで秋の行楽シーズンの旅行にでも出かけるように見えるかもしれないほど、我ながら軽快にチャチャッと荷物をバッグに詰めて準備完了。

ここはもう「プロフェッショナル」。

翌月曜日、入院手続きを済ませ四人部屋に案内されると間もなく看護師さんがハサミで切らないと取れない名札を腕に付けに来る。

今回は上手くいけばお腹を切らずに済むと言う事ではあるけれど、一歩違うと脳にまで影響が出てしまう事も考えられ、これればかりはやって見ないと分からないと結構脅かされているので徐々に緊張感が高まってくる。

入院二日目。カテーテル手術で造影剤を流し込み血管造影し、ガン細胞の場所を分かりやすくするのとガン細胞に栄養を運んでいる血管の流れを塞ぐ動脈塞栓術という手術前手術が行われた。

一時間半ほどで終了。その後、管を通した右太腿部の動脈部分を十五分圧迫され止血。ストレッチャーで病室まで運ばれると何人かの看護師さんによって「イッセーノ、セ！」でベッドに移される。これから四時間絶対安静で仰向け状態、動いてはならない。その後二時間はベッド上での身動きは可能との事。痛み止めの点滴が効いて二時間ほど眠ったが、その後がきつかった。ベッドに縛られこそしないものの余りの腰の痛みで嘔吐、動かずにいることがこれほど辛いとは……。

これより凍結手術の方が痛くないと看護師さんから言われ、チョット気持ちが楽になった。

入院三日目午前九時半、腎腫瘍凍結療法の手術開始。

手術室看護師の安藤さん始めスタッフの皆さんが、とてもハキハキと明るくてなんだか嬉しかった。「うつ伏せでいきます」と言われて、ひっくり返る。「動くと上手くいかないから、頑張ってね」そう言われ手術開始。局部麻酔なので、背中から針が刺されるが痛みは感じない。先生方の会話は聞こえていて、一度「あっ！」と言う声でドキッとしたのも今では笑い話。手術台にはレールが敷かれ、ところどころ「はい、CT」と言う先生の声が聞こえると手術台が動いて大きくて丸いCT機の中に入って行く。一時間ほど過ぎたあたりだろうか、先生が私の頭の方から両手を握り、「七割五分終わったからね、もう少しだよ。大丈夫、順調にいってるからね」と声をかけに来てくれた。その後二十分くらい経っただろうか、「はい！終わりましたよ！頑張ったね！」と先生が握手をしてくれると、一人の看護師さんが「これが一番の治療薬ですよ！」と。

神の手という事だな。そしてスタッフ全員が称賛してくれて言葉にならない感動。

病室に戻り、二時間おりこうにしていたらフツーのお昼ごはんが出てきてビックリ！　今まで幾度もの手術をしてきたけれど、術後三日は水をガーゼに含ませて舐める程度で過ごし、その後三分粥、五分粥、全粥、白飯と言う風に二週間ぐらいかけてやっと普通の食事になっていく。体のあちこちから出ている管や点滴や痛みと闘いながら徐々に回復していくのが通常だったので本当に驚きだった。

もう、どこも痛くない！　スイスイ歩ける。夢のよう。狐につままれているのかと思ってしまうほど。背中に針を刺した後も分からない。〈ナニコレ?!〉だ。

戦いは終わらない

術後二日目。先生から経過報告を受ける。

合併症もなく、非常に順調な回復。今回は、右腎臓と左副腎部分の二箇所の手術だったので、約一ヵ月後にCT検査と採血をして、その結果を診て次回右副腎の予定を立てましょう。との事だった。何の心配もなく二つ返事をしたところで……。

先生は言い難そうな顔をして、「実は、血管造影の写真を良く視て発見したんですが、膵臓に四ミリほどの腫瘍がありました」と。

『エンドレスガン』という気の利いたタイトルが頭に浮かんだ。

ヤダ……闘いは終わらない……の？

第六章　共存しながら

最先端治療法

退院からちょうど一ヵ月後、新聞で週刊新潮の「日本のがん治療はここまで進んだ！」という紙面広告を見つけて近くのコンビニに急いで買いに行った。ナント！　そこには今回の主治医である荒井先生の記事が一ページ以上に渡って掲載されていた。

他人事ではない。まさに自分がつい先日受けた手術だった！

そして、次のページには膵臓のガンの新兵器「ナノナイフ」の記事！

こちらは、エコー画像でガンの位置をチェックしながら一・一ミリ、長さ十五センチの針を二〜六本、体の表面から刺しガンを取り囲むようにして針間に三千ボルトの高電圧電流を流してガン細胞に千万部の一ミリの小さな穴をあけ、死滅させるという。

私のガンは、膵臓にあるが膵臓に転移した腎臓ガンという希なもの。

なので、膵臓ガンの記事を読むことは今までなかったのだけれど、たまたま次ページだったため目を通してみると……。

出来るかも！

また、光が見えた！

ナンテコッタイ

しかし、そう簡単にはいかないんだな〜。

なんせまだ始まったばかりの治療法。

術後四十日、ＣＴ検査の結果左の副腎部分にはわずかな変化が見られたものの、腎臓ガンにはほとんど変化がなかった。（通常ならばここでかなりの縮小が確認できるはずなのだけれど）

ナンテコッタイ！

マイナス一八五度で凍結しても死滅しない⁉　どれだけガンコなガン子ちゃん！

そんな訳で年明け早々にもう一度ＣＴ検査をして今後の治療方法を考えていくことになった。なんだかスッキリしない年越しになってしまったけど、仕切り直しだ！　前を向こう！

街はもうクリスマスムード一色。こんなときもどんなときも常に合いの手を入れてくれる友達がいて、忘年会に引っ張りだこ。
つい調子に乗ってはしゃいでしまうからかなりメデタイ奴。

いとこのガン

年が明けて箱根駅伝ロスなどと言ってる間もなく仕事初め。

ポケットに入れていたスマホのブルブルが止まらない。何ごとかと見ると叔母からの電話。泣いている。

聞けば二女が食道ガンと診断されたらしい。すぐに私を頼ってくれるなんてキャリアを積んできた甲斐があるってもんだな。

彼女は私が初めてガンになった年齢と同じ三十九歳。高校、中学、小学生の三人の子育て真っ最中。同じ二人姉妹の次女というのもなにかの因縁か？

とりあえず、食道ガンの名医と言われる先生をインターネットで調べてみるように促すとナント同じ病院で診察を受ける事になり、しかも検査日が同日になったと喜んでいた。

私は、朝一番で採血とＣＴ検査を受け午後から診察。

腎臓のガンはわずかだが変化が見られ、左副腎部分のガンはかなり小さくなっていた。

嬉しい！

とにかくもう一度腎臓のガンをやっつけてみようという事になり、二月後半に凍結手術を再チャレンジする事になった。

子ども以外の人にあまり頼りにされた事のない私は、自分の診察が終わると早速彼女たちのいる診療科の待合室へ行ってみた。

叔母といとこは、不安そうな顔で私を見つけると少し安心したのか頬がゆるんだ様子。診察室にも入って欲しいと言われ、先生のお話を一緒に聞いて分かる範囲のアドバイス。こんなことだけでも少しは役に立てたようで本当に嬉しく思う。頑張って生きて来てよかった……。

彼女たちも朝一番で来て検査と診察を繰り返し、最後の診察で呼ばれた時には待合室には誰ひとりいなかった。お疲れさま。

二ケタ超え

再チャレンジの日がやってきた。

今回は入院当日午後からカテーテル手術をし、翌日凍結手術をする予定だった。


十時に入院して、十三時三十分からカテーテル塞栓術を二時間やって、十七時半まで絶対安静！　その後十九時までベッド上なら動いていいけれど足は曲げちゃいけないとの事で、前回同様動けないのは本当に辛かった！

翌日も朝食抜きで十時三十分から手術室に移動。「さぁ始めます！」ってところでハプニング発生！

マイナス一八五度に凍結させるガスの圧力が下がってしまって手術中止！

あらま！

翌日に機械は直るけれど、荒井先生が海外出張のため来週仕切り直しという事になり、一度退院。翌週月曜日、再入院で早ければその日の午後から手術する事になった。まあ、今すぐ命にかかわる訳でもないし、ここはのんびり休養するか。

翌週の月曜日十時に入院、十四〜十六時凍結手術。

荒井先生は普段診察の時や手術前など本当に穏やかで時折お茶目な感じ、前日海外から帰国したのにお疲れのご様子など一ミリも感じられない。

写真と登山がご趣味なようで、病院内にたくさんの素敵なパネルが飾ってあるかと思えば、八神純子さんが見えた院内コンサートではピアノを弾いていらした。驚きのマルチタレントドクター⁉

しかし、さすがに手術が始まると真面目な顔に。当たり前か……。

手術終了後、病室に戻ると血圧一九五の一一六。吐き気と寒気で前回とは全く違う感覚で大変だった。背中から刺されるのとお腹から刺される違いなのか、動くとめまいがするから早めに食事もせず寝たら早朝五時に目覚めて絶好調になっていた。
カテーテルも手術に入るということで、通算十一回の手術。
二ケタを超えた！

ラジオ波焼灼療法

前回同様、ひと月後のＣＴ検査。

左副腎部分のガンは完全にカスカスになっているとの事。そして、腎臓のガンは三分割になっていた。あとひと息というところのようだ！　腹部を切開しないでのこの結果は満足度で言ったら八〇パーセントに近い。しかし、まだまだ未熟者の私はなんだか焦れったくなってくる。

うーーん。

「先生！　今後のガン治療の発展のために私実験台にでも何にでもなりますから何かできる事があればやらせて下さい！」

すると先生から、とりあえずこの一年以内にはラジオ波焼灼《しょうしゃく》療法が腎臓ガンにも保険適用になりそうだからその認可が下りるまでもう一度凍結手術をすることを勧められた。

「でも、早くガンと決別したいからお金かかってもラジオ波焼灼療法してくれる病院に行こうかと思います！」と、かなりわがままな事をこの「神の手」を目の前にしてよく言えたものだが、そんな私に「神の手」は「ちょっと待って！　うちの病院でも出来るけれど、こちらでいろいろ話し合って最善策を考えますから」と言って下さった。

もう、全てはこの「神の手」に身を預ける決心をした。

来年の桜

「来年の桜は観れるかなー？」と思いながら十六年。

今年の桜は咲き始めから気温が下がり、ずいぶん長い間華やかな姿を楽しませてくれていた。そして桜の北上とともにゴールデンウイークがやって来て最高のお天気が続き、私の務めるＡＢＣクッキングスタジオは大にぎわい！　ゴールデンウイーク最終日を終えて帰宅すると、そう、今度は私の「スペシャルウイーク」。

プロフェッショナルな私は、いつものごとくチャチャッと荷物をまとめて翌朝病院まで息子に送ってもらう。

十時に到着したのに、さすがに長い連休明けで受付は大混雑。病棟に上がりパジャマに着替えると、間もなく昼食が運ばれて来た。

翌日十時、カテーテル手術開始。

カテーテルで造影剤注入。そしてガン細胞に栄養を送る血管の流れを止める血管塞栓術が行われる。一時間ほどで終わったけれどそのあと動脈を十五分ほど圧迫止血。ストレッチャーで病室まで戻るとその後また足を伸ばしたまま動いてはいけない、つらーい六時間の安静。ハンパない腰痛のまま、翌朝十時から凍結手術。今回もお腹側から。ちょっと術後の経過を心配に思いながら、痛み止めの点滴に眠気を誘う成分が入っているようでうとうとしながら一時間半。前回前々回は一本だった針が今回は三本。おへそから八センチほど右側に刺されたようだった。術後はかなりのいたみがあったけれど、いつの時も私の痛みをいち早く取り除いてくれるのは数々の経験からロキソニンと自負しているので看護師さんにその旨伝えて服用する。間もなく痛みが緩和されて少し眠る。

この日は術後二時間の安静だったが三時間ほどぐっすり眠りスッキリ目が覚めた。心配したほどのことはなく食事も解禁されたので楽しみにしていたソフトクリームを最上階、築地市場を上から眺め、レインボーブリッジが見渡せるレストランまで行ってパクリ！　あーシアワセ！

同士

四人部屋の病室には、胃ガンの手術をして退院後腸閉塞をおこされて再入院、もう六日間も絶食を強いられている方、喉頭ガンで二クール目の抗がん剤治療に見えている方、悪性リンパ腫でやはり抗がん剤を始められた方がいらした。

それぞれのガンにそれぞれの治療法それぞれの痛み辛さがあって、いつの時も同室になられた方とは情報交換しながらその情報を共有することができる。もちろん私の経験をお話すると大抵の方はお決まりのように仰天される。

今回も例外ではなく「先輩」である私に皆からの質問が殺到する。たいしたことはないけれど持っている限りの情報をお伝えしようと思うから話は止まらなくなり、検温にみえる看護師さんに気を使わせてしまう事もしばしば。

母の日に

母の日を前日にひかえ退院。

息子が迎えに来てくれたのを良いことに同室の方が教えてくださった築地場外市場の美味しい鰻屋さんに誘導。私は母に、息子は私に幅十センチ長さ三十三センチ肉厚の極上ニホンウナギの蒲焼きを買う。

翌日から仕事復帰する私に元気の源を半ば強制的だったけれどプレゼントしてもらって単純な私はスキップしながら帰路につく。

十三回目の手術結果

五月の退院一ヵ月後のCT検査結果で……。

昨年から三度に亘っての治療で、これほどの変化が見られないのは、もしかしたら「ガン」ではないのでは？　と言われる。

じゃあ、ナンナンダ!?


術後三ヵ月経過した八月末にMRIとCT検査をする事になる。


六月二十二日、小林麻央さんの訃報。

約一年前に乳がんを公表された。

あのあどけないお子様達のためにつらい治療にも耐え、不安にさせまいとする笑顔の日々の裏には相当な葛藤があったことでしょう。

麻央さんがブログKOKORO（二〇一六・九・三〇付）に書かれていた「いつか」。

おこがましいけれど麻央さんに対して私も同じ気持ちを持っていました。


七月には、以前の病院で頭頸科のエコー検査があり、甲状腺腫瘍が左右共に五センチ大に成長していて、近いうちに甲状腺全摘出手術を考えた方が良いかも知れないと告げられる。

デメリットとしては、甲状腺ホルモン機能を保つ薬を一生服用し続ける事と、首に傷あとが残る事。

薬さえ服用していれば、日常生活に何の問題もないのであれば、取っちゃっても良いけれど、首の傷は隠せないからなぁー。

美容整形みたいにキレイに切ってもらえないかなぁー。

私にとっては、それだけが問題だ!!

しかし、そちらの治療計画は、とりあえず保留。

八月末の検査後の診察で、優先順位として次は、右副腎の手術を考えましょうという事になる。

調べると副腎ガンは、百万人に二人という希少ガンだそうで、直接の副腎ガンではなく、腎臓ガン細胞の副腎転移だけれど、それにしても確率的には少ない訳で、どうして宝くじに当たらず、こんな確率にハマってしまうんだろうかね——。

岡山大学病院へ

国立がんセンター中央病院には、内分泌科がないとの事。

副腎ガンの手術となるとホルモン関係の専門医に立ち会ってもらう必要があるので、とても親交の深い岡山大学病院の放射線科の診察を受診してみますか？　と言われ、またもや即答。

九月の二週目の日曜日に仕事を終え夕方新幹線で三時間。岡山へ向かった。

翌朝、一番で放射線科の診察。

やはり、大変難しい場所とのお話。

太い血管がすぐ近くにある為、ＩＶＲでの凍結治療やラジオ波焼灼療法はリスクが高すぎるという。

今、考えられる最前方法を先生方が話し合って下さった結果、右副腎のガン細胞に栄養を送っている血液の流れを塞ぐ、血管塞栓術をして経過観察後、ガンが縮小するようであれば、凍結やラジオ波を考えましょうと言う話になり、内分泌科の先生立ち会いのもとでの手術が決定。

九月二十五日入院、翌々日の二十七日に手術の予約をして、帰宅する。

＊　＊　＊

岡山まで行くには治療費の他、結構な交通費もかかる訳で、翌日から仕事復帰は当然のこと。通常よりもシフトを増やして医療費対策。

入院前日まで目一杯働き、いつものようにちゃちゃっと準備。

家族はもはや心配もしなくなってきた。娘は「死ぬ死ぬサギだね」と笑うくらいだ。確かに……

九月二十五日の朝一番で新幹線に乗り込み戦闘モードに切り替える。岡山大学病院は、とにかく広い。

入院病棟五階から「外来診察室まで行ってきてくださーい」なんて言われたら、優にひと駅は歩く距離。良い運動になる。

そして岡山弁は、とにかく癒やされる。

＊　　＊　　＊

九月二十七日、右副腎動脈塞栓術。十三時から始まった手術は、十六時半頃終わり、リカバー室で全身麻酔がちゃんと覚めるのを待って、病室に戻る。（その間、涙を流しながら、私の話を聞いてくれた看護師の近藤さんには感謝）以前と同様、上を向いたまま足を動かしてはいけない安静状態でハンパない腰痛！

四時間後ようやく解除になったものの水は口に含ませる程度だし、一晩中痛みはとれずに朝まで起きたり寝たり、あっち向いたりこっち向いたり。

夜中にみぞおちがものすごく締めつけられる痛みがあったりで、不安をかかえながらも、五日後には退院。

何だかスッキリしないが、これが私の人生の途中。

まだまだ修行中。

＊　　＊　　＊

もう、転移とか、再発と言われて、落ち込むってことはない。

それは、前に進むことしか考えていないから。

何かに負ける事を恐れるより、
自分に負けない事が一番大事。
気の迷いがあった時、ふと我に返るべし。

「落ち込む」ヒマがあったら、新しい治療を見つけることに邁進《まいしん》したほうがいい。
ガンというのは、早期発見であれば、心臓発作とか交通事故と違って、今、この瞬間に何かが変わるわけじゃない。
今までと変わりなく、好きな時に好きなものを食べ、好きな時に好きなものを飲み、好きな時に好きな人と会い、楽しい会話、素敵な音楽……それが出来るんです。

ストレスをためない。やりたいことをやって、楽しく生きる。
そうして人生を全うしよう。

大切なもの

子どもがいても自分の人生。
この人生を精いっぱい生きて行けば、
自然と教えてやれる生きる道。
何が幸せか、何が苦しみか。
その時々の通り道が教えてくれる道しるべ。

優先順位を自分に変えて。
妥協は、しない。
それは、命を縮めることだと思うから。

充実の人生

ガンになったことで、自分の好きなものが何かわかり、自分の好きな食べ物も吟味するようになり、好きな音楽も、大切な人も、よくわかってくる。

結果、ガンになってから、私の人生はとっても充実してきたんです。丁寧に生きることを教えてくれた、私のガンコなガン子ちゃん。おかげで楽しみが増えました。

以前は、ヨットに乗った自分を想像することもなかったし、ゴスペルを歌う姿も、自分の弾くチェロの音色に酔うことも考えたことはありませんでした。今、私の周囲は、自分の好きなものでいっぱいです。

いつの時も自分自身を見失う事のないように
目標を少し上に置いて頑張って行くと
幸せと感じる時間が増えてくると思います。

人生は一度きり。
楽しまなくちゃ。
やりたい事はやればいい。
おじけるな！
くじけるな！
チャレンジ！　チャレンジ！
何度でもやり直しが出来るのだよ。
たった一度の人生。
好きな事に没頭し、
達成した喜びを味わってみよう！

人を想う気持ちが、愛。
自分を想う気持ちが、成長。

「楽しい！」が一番！

「原点」は、そこなんだ！

「自分を苦しめるのは自分自身」

気づけよ、自分！


己に負けるもの、他者に敵わず。

「始めなければ始まらないヨ！」
と、声をかけながら、
これをお伝えすることが私の使命だと思って、死ぬまで生きて行こうと思う。

ビーチ
トケイ浜

子育ての真っ只中でガン告知を受けた私は、いつ命が終わっても後悔しないように、子どもたちへ向けて日々書き綴った数十冊のノートがある。（抜粋）

付録　子供たちへ。

言葉はいつも思いに足らない。
だから記しておく事がある。

生きる道

これからが頑張りの見せ所。
「負けるもんか！」になるか
「こんなもんだよ」になるかは、本当にあなたたち次第なのです。
いつかきっと良い成果が出ることでしょう。
期待はしませんが、チョット楽しみにしています。

君の一日は君のもの。
母の一日も君たちのもの。

お母さんは、君たちの歩んで行く草ぼうぼうの道を草むしりして歩いています。

どうか、素直な心
感謝の気持ち
思いやる優しさ
強い精神力
たくましい行動力
を持って生きて行って下さい。

君たちの幸せは母の幸せでもあります。

あなたたちの十八年は、お母さんの十八年でもあるんだよ。

話し合い

話し合いってとっても必要なの。

人は会話をしなければ心が通じないものなのです。

たとえ親子でも。

特に夫婦はね。

君たちは段々大人になって行くのだし、たくさんの人の話を聞きながら、自分の考えをしっかり持つようになるでしょう。意見の対立があっても当たり前と思って、誰とでも素直な気持ちで会話をしよう。きっと、心が通じ合って良い結果になるでしょう。

自分の意見は言えないと損をします。

よく考えて話が出来る事が幸せにつながります。

でもね、自分の意見だけでなく、他人の意見も聞いてきちんと話し合う。

聞く耳を持つ人は成長します。

聞く耳を持たない人は成長出来ません。
自分がなっとく行くまで話し合う事で皆成長して行くんだよ。
「わかった、わかった」で、終わらせないで。
人が生きて行くためには、お話しする事はとても重要な事なのです。
自分の意見が必ずしも正しい事ばかりではないからね。

そして、目上の人の言う事をよく聞こう。
特に、おじいさん、おばあさんは、あなた達よりずーっと長く生きていて、色々な経験をしているのですから。

家族愛

家族というのは、皆で協力し合って、そして話し合って愛を持って出来る集まりなのです。

「感謝、いたわり、思いやり」忘れないで下さい。

人は一人では生きて行けないのです。


「努力と忍耐」そして「愛」


当たり前の事を当たり前にできるようになるといいネ。

自分さえ良ければいいなんて考える人にならないでね。

「謙虚な心、感謝の気持ち」わかっていたらお茶碗洗おう！

ここで一句

「おまえたち、疲れて帰る母さんのやさしい顔を見たくはないかい」

大切な事

お母さんは誤魔化せても自分の人生は誤魔化せない。
息苦しさは病院で治るが、心苦しさは一生付いて回るのだよ。
「ひとつの人生の今、宇宙の中の一点」に過ぎない。
けれど、この世にいる限り、自覚と理性と責任を持って行動しよう。
常識とけじめのある人間に。
人に頼まれた事。
人との約束。
自分に足りないもの。

自分に必要なもの。
全ては忘れてはいけないもの。

そして、確認。
社会に出たら何が大事って「確認」
これで良いだろうなんて、自分だけの判断で行動するのは一番キケン！

自分のことは自分で考える。
誰だって自分が一番。
自分以上に自分の事を考えてくれる人なんて親以外にいないと思うよ。
人を頼り過ぎてガッカリするのは自分のせい。

目標

自分の目標だけは見失わないで下さい。

これから先、色々な壁にぶつかる事もあるかと思いますが、今まで頑張ってきた事をムダにしないためにも、その努力と根性を奮起させて進んで行って欲しいと思います。

兄妹それぞれ別の道、目標は違ってもお互い励まし合いながら歩んで行って下さい。

お陰様

あとね、「何かのせい」にして生きるのはよそうね。

全ては、「お陰様」

あとがき

終わりのないガンコなガン子ちゃんとは、ずいぶん長い付き合いになりました。

三十九歳でガンになった時、息子が三十歳、娘が二十六歳になるまで生きていられるなんて、思いもしないことでした。

この本を書くキッカケには、ガンになっても楽しく生きることをお伝えしたい気持ちの他に、今の私の年齢と同じ五十五歳の時に心筋梗塞で他界した父の夢を引きつぎたいという思いがあったのも一つでした。

父は本が大好きで私の脳裏には父が本を読んでいる姿しか残っていないくらいです。

そんな父は「いつか本を書きたい」と日ごろから語っていました。しかし、実際仕事をしながらの執筆活動は、なかなかはかどらないもので、父は夢半ばにして生涯を終えました。

私は、この短命の血を引いているものと思い、この五十五歳というハードルを越えること、そして父が叶えられなかった「本を書く」という私にとっては棒高跳びのような高い目標を立てて、やらずに後悔することのないように日々少しずつ書き溜めたものをようやくまとめることが出来たのは、共存しているガンコちゃんのお陰だったかも知れません。

今、私はしなくてもいい苦労をしながら人一倍人生を楽しんでいる。

ガンになっても楽しむことは忘れない。

これが私の集大成。

わたしのガンコなガン子ちゃん。

仲良く生きていきましょうね。

歳を取ってから「あの時やっておけば良かった……と思っても、その時に戻ることは出来ないのよ。だから、やりたいことはやりたいと思った時にやるべきなのよ」と、いつも後押しをしてくれた母。

お蔭で、こんな楽しい人生を満喫しています。「ありがとう、お母さん！」

十六年前から、十四回の手術を経て、今もこうして充実した日々を送っていられるのは、戦いのたびに励ましてくれた友人や家族、特に最初から力になってくれた看護師のやぎちゃんのお陰。そして、最初の手術で執刀してくださった聖マリアンナ東横病院泌尿器科山越先

生（現・山越泌尿器クリニック院長）。ガン専門病院肝胆膵外科部長S先生。泌尿器科部長F先生、Y先生、頭頸科T先生。市民病院泌尿器科部長S先生。岡山大学病院放射線科郷原先生、松井先生、大野先生。内分泌科細谷先生。

国立がんセンター中央病院放射線科、荒井先生、菅原先生、曽根先生、久保先生、馬越先生には現在もたいへんお世話になっております。今後ともどうぞよろしくお願い申し上げます。

最後に、この本の編集・出版にあたりまして、鳥影社編集室の百瀬精一氏およびスタッフの皆さまに心よりお礼を申し上げます。

平成二十九年十月

出木谷　潤子

〈著者紹介〉

出木谷潤子（できや　じゅんこ）

1962年東京生まれ。

居酒屋の女将業26年、その間、子育て真っ最中に39歳で左腎臓がん破裂寸前で全摘出。8年後に膵臓転移。

店を閉店してパン講師に転職後、ほぼ毎年転移再発し現在まで計16回の手術を経験。

「始めなければ始まらない」をモットーに、ヨットやチェロなど多趣味を満喫。つねに楽しくアクティブに過ごすことで「癌になっても大丈夫！」と、病に悩む人々を励ます。

現在ABCクッキングスタジオ、パン講師。


わたしのガン子ちゃん！

2018年 2月20日 初版第1刷印刷
2018年 2月26日 初版第1刷発行
著　者　出木谷潤子
発行者　百瀬精一
発行所　鳥影社 (www.choeisha.com)
〒160-0023 東京都新宿区西新宿3-5-12トーカン新宿7F
電話 03(5948)6470, FAX 03(5948)6471
〒392-0012 長野県諏訪市四賀229-1(本社・編集室)
電話 0266(53)2903, FAX 0266(58)6771
印刷・製本　シナノ印刷

ISBN978-4-86265-653-7　C0095

定価（本体1400円+税）

乱丁・落丁はお取り替えします。